A la Reine.

LE 28 JUILLET 1835.

Imprimerie de Petit, rue Saint-Denis, n. 380, passage Lemoine.

A la Reine.

LE 28 JUILLET 1835,

STANCES,

Par le Baron de Cès Caupenne,

DIRECTEUR DU THÉATRE DE L'AMBIGU-COMIQUE.

PARIS,

AU THÉATRE DE L'AMBIGU-COMIQUE,
Boulevart Saint-Martin, n. 2,
Et chez tous les Marchands de Nouveautés.

1835.

LE 28 JUILLET 1835.

I.

Ils avaient dit : « Qu'importe à notre ardente haine

» Par quel affreux secours nous romprons notre chaîne?

» Pour le tyran peut-être un innocent paiera,

» Qu'importe ! Des partis la conscience est calme,

» Pourvu qu'au but promis ils recueillent la palme !

» Qu'importe? le tyran mourra ! »

Oh! les cieux sont déserts, et nul Dieu n'y réside

S'il laisse s'accomplir l'horrible régicide !

Nous pouvons blasphêmer son vain nom sans remord,

Si, nous déshéritant de sa bonté suprême,

Son œil s'endort sur nous. – Oh ! non, non, il nous aime :

Louis-Philippe n'est pas mort !

II.

J'aime à voir dans les temps barbares

Deux rivaux ardens, éperdus,

Au son d'éclatantes fanfares,

Au champ clos béni descendus :

La foule attend dans le silence ;

Mais bientôt penche la balance,

Et, devant le juge du lieu,

Auprès du vainqueur magnanime

Le vaincu confesse son crime :

— C'était le jugement de Dieu !

Si pour des soins privés le ciel fut mis en cause,
Quand l'intérêt public, un jour, se trouve en jeu,
Pensez-vous que, ce jour, son équité repose ?
Non, c'est alors surtout le jugement de Dieu !

Eh bien ! deux ennemis descendent dans l'arène.
L'un emprunte à la mort, pour assouvir sa haine,
Ce qu'elle a de plus sûr. D'accord avec l'enfer,
Fier de son avenir de victoire, il s'avance.
L'autre marche au combat, doux, sans haine sans fer
Cuirassé de son inocence.

Et pourtant le superbe est terrassé. La mort
A respecté le faible et frappé sur le fort.
Rendons-en un tribut de grâces légitime,
Car le puissant prodige est venu de haut lieu !
Tu triomphes, alors qu'on t'aurait cru victime,
Roï, sois absous ! — Assassin, dis ton crime ! —
Oh ! c'est le jugement de Dieu !

III.

Oui, mais alors pourquoi sur la pierre sanglante,
Pourquoi tant de morts entassés?
Quarante ans de malheurs, quarante ans d'épouvante
Hélas! n'était-ce point assez?
N'était-ce point assez des crimes politiques
Dont nos cœurs gémissaient tout haut;
Assez des longs tourmens et des larmes publiques
Que nous a coutés l'échafaud;
Assez de tout le sang absorbé dans nos veines,
Lorsque l'airain et le canon
Eparpillaient au loin les entrailles humaines
Pour éterniser un grand nom;
Assez de ce sang pur dont l'heureuse mémoire
Vit dans notre cœur attristé,
Sang qui voulut couler pendant trois jours de gloire
Pour féconder la liberté?

Fallait-il donc aussi qu'un guerrier magnanime,

Débris vivant de nos hauts faits,

Vint mourir sous nos yeux, vint mourir par un crime,

Foudroyé d'un fusil français ?

IV.

Il avait pris sa part de cinquante batailles ;

Il avait escorté de grandes funérailles ;

Son astre, aurait-on dit, n'avait pas de déclin !

Car quel coup aurait pu faire choir de sa taille

Ce géant que toujours respecta la mitraille,

Depuis Fleurus jusqu'au Kremlin ?

Ministre encor naguère, a-t-il dans son passage

Fait pour le bien public rien qui ne fût d'un sage ?

Soit qu'il eût gouverné soit qu'il eût combattu,

L'honneur, l'honneur toujours eut été sa dévise,

Aussi tous les partis révéraient la vertu

Du maréchal duc de Trévise.

Ainsi celui trente ans qu'épargna le canon,

Celui qui fut ministre, et sans ternir son nom,

On a lâché sur lui la fatale détente!

Du Prussien, du Russe, il fut cent fois vainqueur,

N'importe! les partis le frapperont au cœur!

Eh bien! Discorde, es-tu contente?

Es-tu contente? sous tes pieds

Tu vois des enfans et des femmes

Mourir et leurs yeux effrayés

Nous maudire tous comme infâmes.

Car s'il est quelque chose, hélas!

De sacré, c'est bien leur faiblesse,

Et leur faiblesse ici ne les garantit pas!

O discorde! aujourd'hui redouble d'allégressse!

V.

Quel cri soudain jaillit des rangs:

Meure l'assassin, oui, qu'il meure!

Oh! merci, peuple, c'était l'heure

Où l'on t'allait rayer du sein des peuples grands.

Merci, car tu compris que c'était une tache,

Si tu t'associais à ces honteux essais :

   —L'assassinat ne fut jamais français,

   Car l'assassinat est d'un lâche !

Oh! chantez et pleurez! car il vous faut des pleurs

Pour expier le meurtre et calmer les douleurs

   Qu'amassent aux cœurs les victimes ;

Mais il vous faut des chants pour rendre grâce au ciel ;

Pour peindre le bonheur immense, universel,

   Les chants aussi sont légitimes.

   Recueillons-nous dans un calme pieux :

Le fer a, sans l'atteindre, effleuré cette tête

Dont la chûte eût peut-être amené la tempête.

   Peuple, rendons-en grâce aux cieux.

Au bonheur journalier qu'assoupit la coutume,

Pour nous faire sentir tout le prix du repos,

Il faut qu'un peu de mal mêle son amertume,

Le calme, de retour, nous trouve mieux dispos.

Il fallait contre lui quelqu'entreprise folle;

Afin que notre amour en devint plus profond,

Il fallait qu'un péril illuminât son front,

    Comme une nouvelle auréole.

VI

    Ont-ils jamais rien respecté? —

Ces rois qu'une double mémoire

De patriotisme et de gloire

Consacre à l'immortalité;

Ce noble et vaillant Henri-Quatre

Dont la main, effroi du ligueur

Que son courage sut abattre,

Du peuple opérait le bonheur;

Et notre immortel Empereur,

Subirent leur rage fatale :

Laissant la vengeance au bourreau,

L'un périt, frappé d'un couteau ;

L'autre eut sa machine infernale.

VII

Toi qui viens de trembler sur ton auguste époux,

Qui, sur le trône assise, as conservé tes goûts,

Douce consolatrice à l'infortune amère,

Quel vertige a voulu préparer sur tes jours

Tant de deuil, et flétrir tes deux chastes amours,

Tes amours d'épouse et de mère.

Toi toujours occupée à des loisirs pieux,

A des soins maternels, toi, cœur religieux,

Bénie entre toutes les femmes,

On t'aurait condamnée à maudire, et ta voix

Qui pour ton peuple heureux a prié tant de fois

N'eut pu que nous traiter d'infâmes !

O reine, à ce forfait ton peuple est étranger ;

Nous le renions tous, et contre un tel danger

S'il fallait protéger vos têtes,

Chacun de nous alors, soldats ou citoyens,

Pour conserver vos jours courait donner les siens,

Ainsi que l'on court à des fêtes.

Car, après que trois jours nous eûmes combattu,

Nous avons tous compris ta sublime vertu,

Résignation exemplaire,

Lorsque, au pavois portée, à nos pressans désirs

Sacrifiant tes goûts, tes innocens plaisirs,

Tu parus, astre tutélaire !

Car nous avons compris de quels profonds ennuis

Le souci politique a pu charger tes nuits,

Tes nuits autrefois si sereines,

Et que c'est pour nous seuls que tu l'as fait ainsi :

Puisse par notre amour ton mal être adouci,

O la plus aimable des reines !

VIII

Et nous, toujours flottans dans nos divisions,

Nous, toujours asservis aux fureurs populaires,

Ne serons-nous jamais un peuple heureux de frères,

Sans fiel dans nos opinions?

Tombent les voiles qui retardent

Des jours à paraître si lents!

Du haut des cadavres sanglants

Quarante ans d'erreurs nous regardent!!